超絶短詩集

吉田山
百人一晶

篠原資明編

JN155380

吉田山百人一晶　目次

嵐……篠原資明 8
アーチェリー……大木崇 9
アールヌーボー……児玉恭子 10
愛……坪内稔典 11
頭悪……橋本菊子 12
アダム……安藤勝哉 13
雨……根津龍平 14
怪し……川端隆之 15
妖し……細川信哉 16
アンドロイド……東直子 17
アンナカレーナ……信保一 18
家出……毛利直子 19
行き違う……森居数広 20
誘う……日置瑶子 21
ウイルス……yuk 22
浮世……高橋由典 23
ウンコ臭い……FEIN水津 24
永遠……井上聡 25
駅弁……土橋浩一 26
越権……吉田幾俊 27
横死……勿忘陽 28
オイディプス……北野拓実 29
大晦日……新倉静香 30
御公家……喜屋武盛也 31
おばちゃん……徳田めぐみ 32
カーテン……宮嶋剛介 33

学力……北川道雄 34
鞄……植松大雄 35
仮面……平井隆裕 36
期待値……嶋田ありさ 37
希望……勿忘月 38
客観……伏見裕子 39
恐怖……境原塊太 40
薬屋……大塚直子 41
クセノポン……渡邊洋平 42
海月……西口紗代 43
クラッシュ……南雄介 44
警戒……guardian angel 45
ゲノム……松井文 46
下劣……ミネルバ・ザビ 47
沽券……ぐわんぐ堂 48
胡蝶……柿井秀太郎 49
裁判……松村豪 50
財布……深澤友晴 51
幸い……勿忘星 52
砂漠……古園雅子 53
幸せ……町田耕一 54
シープ……松岡弘城 55
地獄……Tokiko Nakai 56
老舗……番頭 57
叱責……杉の日和夏 58
失恋……勿忘天 59

娼婦……栗原俊秀 60
書簡……岡田千尋 61
殿……山内茂和 62
スイトピー……山崎美砂子 63
素っ頓狂……なぎ 64
スワン……興津美那 65
生殖……小林康夫 66
セックス……瀬良万葉 67
単勝……神谷知子 68
ダンス……伊藤悠 69
遅刻……河村直哉 70
桃源郷……今野克俊 71
ドン・ジョバンニ……中井藍子 72
温もり……稲葉直貴 73
眠い……岩城東風子 74
配色……熊原加奈 75
配布……花村 76
鉢巻……福永綾子 77
発狂……安達千李 78
僻む……黒澤雅恵 79
人影……阪野基道 80
肥満児……中ザワヒデキ 81
櫃まぶし……旦部辰徳 82
漂流……利光功 83
ファイト……中村良太 84
副賞……持元江津子 85

富士山　勿忘空　86
プリン　立子　87
夫婦　高橋奈々　88
補助椅子　吉松覚　89
墓穴　古賀純子　90
ポスター　宇津山史子　91
暴走族　長谷川新　92
北海道　松井茂　93
マスカット　岩城見一　94
鋮　蘆田暢人　95
眼差し　有年敏樹　96
眉毛　武石藍　97
モンブラン　バマオ　98
館　平田俊子　99
野獣　PAK MIRI　100
山伏　蘆田裕史　101
ヤング　嶋田久美　102
止せ　小西雅子　103
幼少期　角田眞弥香　104
牢獄　山内真澄　105
宜しく　三上真理子　106
私　ショコラ愛　107

あとがき　懺悔も兼ねつつ　108

吉田山百人一晶

嵐

篠原資明

あら

詩

アーチェリー

大木崇

あぁ

チェリー

アールヌーボー

児玉恭子

あぁ

流縫う棒

愛　あ　胃

坪内稔典

頭悪

橋本菊子

あ

玉割る

アダム

安藤勝哉

仇

む

雨

根津龍平

あ

芽

怪し

あ

香具師

川端隆之

妖し

細川信哉

あや

仮死

アンドロイド

東直子

あん

泥井戸

アンナカレーニナ

信保一

あんな華麗に

な

家出

毛利直子

Yeah!

で？

行き違う

森居数広

生き血

がう

誘う

日置瑶子

いざ

now

ウイルス

yuk

う

居留守

浮世

う

毀誉

高橋由典

ウンコ臭い

FEIN水津

うん

国際

永遠

井上聡

え

胃炎

駅弁

土橋浩一

え

詭弁

越権

吉田幾俊

えつ

剣

横死

勿忘陽

お

牛

オイディプス

北野拓実

おい

depth

大晦日

新倉静香

おお

味噌か

御公家

喜屋武盛也

奥

げ

おばちゃん

徳田めぐみ

尾

ばちゃん

カーテン

宮嶋剛介

かぁ

天

学力

北川道雄

がく

利欲

鞄

植松大雄

蚊

ばん

仮面

平井隆裕

亀

ん

期待値

嶋田ありさ

気体

ち

希望

勿忘月

気

ぼう

客観

伏見裕子

きゃつ

缶

恐怖

境原塊太

虚

うふ

薬屋

大塚直子

く

掏摸や

クセノポン

渡邊洋平

救世の

ぽん

海月

西口紗代

暗

げ

クラッシュ

南雄介

くらっ

朱

警戒

guardian angel

異界

ゲノム

松井文

げ

飲む

下劣

ミネルバ・ザビ

げ

列

沽券

ぐわんぐ堂

苔

ん

胡蝶

柿井秀太郎

東風

よう

裁判

松村豪

賽

ばん

財布

深澤友晴

差異

ふ

幸い

勿忘星

さ

祝

砂漠

古園雅子

さ

バク

幸せ

町田耕一

し

合わせ

シープ

松岡弘城

思惟

ぷ

地獄

Tokiko Nakai

事後

く

老舗

番頭

し

贋

叱責

杉の目和夏

しっ

咳

失恋

勿忘天

し

釣れん

娼婦

栗原俊秀

処

うふ

書簡

岡田千尋

初夏

ん

殿

芯

がり

山内茂和

スイトピー

山崎美砂子

水都

ぴー

素っ頓狂

なぎ

すっとん

器用

スワン

興津美那

酢

わん

生殖

小林康夫

生死よ

く

セックス

瀬良万葉

拙

くす

単勝

神谷知子

短詩

よう

ダンス

伊藤悠

だん

巣

遅刻

河村直哉

ち

酷

桃源郷

今野克俊

とう

元凶

ドン・ジョバンニ

中井藍子

どん

序盤に

温もり

稲葉直貴

ぬ

曇り

眠い

岩城東風子

ね

無為

配色

熊原加奈

は

移植

配布

花村

灰

ふ

鉢巻

福永綾子

は

粽

発狂

安達千李

はっ

今日

僻む

黒澤雅恵

ひ

ガム

人影

阪野基道

ひ

蜥蜴

肥満児

中ザワヒデキ

ひ

卍

櫃まぶし

日部辰徳

ひっ

眩し

漂流

利光功

ひょう

竜

ファイト

中村良太

ふぁ

糸

副賞

持元江津子

ふ

苦笑

ふ

富士山　勿忘空

自讃

プリン

立子

ぷ

鈴

夫婦

高橋奈々

風

ふ

補助椅子

吉松覚

ジョイス

墓穴

古賀純子

ぼ

欠

ポスター

宇津山史子

ぽ

スター

暴走族

長谷川新

ぼー

相続

北海道

松井茂

ほっ

海棠

マスカット

岩城見一

間

すかっと

鉞

蘆田暢人

ま

盛り

眼差し

有年敏樹

ま

名指し

眉毛

ま

湯気

武石藍

モンブラン

バマオ

門

ぶらん

館や肩

平田俊子

野獣

や

自由

PAK MIRI

山伏

や

眩し

蘆田裕史

ヤング

嶋田久美

やん

愚

止せ

よ

背

小西雅子

幼少期

角田眞弥香

よう

正気

牢獄

山内真澄

老後

く

宜しく

三上真理子

よろ

詩句

私

ショコラ愛

綿

し

あとがき　懺悔も兼ねつつ

お待たせしました。何度でも、いわせていただきます。お待たせしました、と。ここにようやく『吉田山百人一晶』をまとめることができました。いわば超絶短詩版百人一首です。

最初の超絶短詩集『物騒ぎ』が刊行されたのが、一九九六年のことです。朝日新聞の書評欄をはじめ、いろんなメディアで取りあげられたこともあって、反響も大きく、試作の数々が送られてくるようになりました。そこで思いたったのは、百人一首のような試みが超絶短詩でできないかということです。さっそく拙ホームページなどで投稿を呼びかけましたところ、波はあるものの少しずつ採用作も増えてきました。ところが思いもかけぬことが起こったのです。

紫のおもむきが気に入っていたため、某社のパソコンを使いつづけていたのですが、どうしたことか、急にディスプレイが真っ暗になり修復不能になったのです。でも、その紫のおもむきが捨てきれないアホなワタクシメは、やはり同社のパソコンを購入しては使いつづけ、またもや修復不能に見舞われるという愚を、何回繰りかえしたでしょうか。ちゃんとバックアップをとるなり、小まめに外部記憶装置に保存するなりすればよかったのでしょうが、そのような気の利いた振る舞いは、ワタクシメという記憶装置にはインプットされてはおりません。

　すでに懺悔モードに入ったようですが、要するに、投稿していただいたのに失われたデータもかなりあるのです。なんとか救出できても、作者名や連絡先は失われたままということも多々ありました。投稿が寄せられはじめてから、二〇年近く経過するうちに、メールアドレスなども変わってしまい、連絡がとれなくなったケースもあります。ただ、作者名や連絡先がわからなくなっても、捨てがたい作もありましたので、どうしようかと迷っているうちに、勤め先の大学も、いよいよ今年度いっぱいで定年ということになりました。なにせ小倉山百人一首の向こうを張って、吉田山百人一晶というタイトルに決めていた手前、今年度中に刊行することは、いわば至上命令なのです。勤め先は吉田山のふもとにある上に、同じ京都の西の小倉山と東の吉田山とはほぼ同じ緯度に位置するという、このささやかな思いつきに酔っていたものですから、よけいに今年度中でなければならなかったのです。

　そこで、わからなくなった作者名については、自戒の意を込めて勿忘～という名を当てさせていただくことにしました。勿忘草《わすれな》の勿忘、ですね。～の一文字については、天空にゆかりの文字から選んであります。なぜ天空かといえば、それは超絶短詩の数え方にもよるのです。

短歌であれば、一首、二首と数えますし、俳句なら一句、二句と数えますね。では、超絶短詩はといえば、一晶、二晶と数えるのです。晶という字は、星のきらめきをあらわします。超絶短詩も地上の星しぶきのようであってほしい。そのような願いも、この晶の文字には込められています。

もちろん、こういったからといって、データ紛失という失態が許されるわけでもありません。もし、本書をご覧になって思いあたる方は、作者はわたしだよ、と名のり出ていただければと思います。万が一（?）増刷された暁には、訂正させていただきますし、増刷されなくても、ホームページなどで周知させていただきます。

そういえば、まだ超絶短詩そのものについては触れていませんでした。超絶短詩とは、一つの語句を、別の語句と、擬音語・擬態語を含む間投詞とに分解するという、ただそれだけの規則に則った詩型です。

今回は、分解前の語句すなわちタイトルを各頁の右端に、分解後の超絶短詩を上端と左端に配することにしました。相変わらず一頁一詩篇の、いまさらながら贅沢な構成です。

さてもその超絶短詩を作りつづけて、二〇年を超えるにいたりました。超絶短詩集は、ポスター詩集やオブジェなどの私家版を除くと、すべて七月堂から刊行していただいています。今回も、お世話になることになりました。知念明子さんをはじめ、七月堂のみなさんには、お礼の言葉もありません。そして、投稿していただいた方々には、あらためていわせていただきます。ごめんなさい、そしてありがとうございました、と。

平成二七年一一月

篠原資明

吉田山百人一品

発行日・二〇一六年二月二十九日
編　者・篠原資明
発行者・知念明子
発行所・七月堂
東京都世田谷区松原二—二六—六—一〇三
電話　〇三（三三二五）五七一七
ＦＡＸ　〇三（三三二五）五七三一
振替　〇〇一七〇—六—八〇六九一
製本・井関製本
©Motoaki Shinohara 2016 Printed in Japan
ISBN978-4-87944-249-9 C0092
落丁・乱丁本はお取り替えいたします。